KB078776

바다는 이야기꾼

바다는 이야기꾼

바다에
손 담그고
가만히 눈 감으면…

朝天에 사는
朝川 김형태

좋은땅

부용화

정홍규 신부

제주도 사람들은 서로 갑장을 끔찍하게 챙긴다고 한다. 갑장인 우린 서로를 각각 육지와 섬에서 카톡의 '시밥'으로 오고 가며 만나기는 하지만 제주살이 10년 만에 또다시 갑장 친구의 약간 무거운 두 번째 시집까지 챙기게 되어 그나마 다행이다.

10년이면 강산도 변하는데 좀처럼 속내를 드러내지 않는 이 친구는 여기저기 묻어나는 외로움의 흔적을 남겼다. 세 번이나 집을 찾아 짓고 옮기면서 감귤 농사를 짓고, 반려견을 키우고 그리고 이제는 작은 정원을 하나 장만하면서 자신의 트라우마에서부터 벗어나 안정궤도에 들어선 듯하다. 결국은 돌아 돌아 돌아서 가든타임으로 들어선 갑장이다. 시「충분하다」를 보면,

한여름 밤
낡은 흔들의자에 누워
맴도는 바람과 풀벌레 울음에 얼핏 잠들었다

구름 뒤 숨은 저 달
언제 다시 나타날까 하는 기다림
이보다 더한 달콤함이 또 있을까

흐르는 구름에
달은 숨바꼭질하고
바람은 추억들을 흔들고
풀벌레는 여름밤을 울어 댄다

무엇을 더 바랄까
이것이면
충분하지 않은가
-「충분하다」

칠순에 이르러서야 드디어 가든타임에서 부용화(주체)
가 자신(객체)을 바라보고 있음을 자각한다. 인간이 인간
을 대상화하는 것 즉 갈비의 법칙은 착취이다. 자신의 생
존과 출세를 위해서 아래는 갈구고 위로는 비벼야 살아남
는다. 자연이 대상화되면서 인간도 서서히 자신도 모르게
대상화되고 있다는 사실이다. 골목마다 똬리를 튼 CCTV

와 도로 곳곳의 단속카메라는 감시와 보호라는 이름으로 인간을 '돌봄의 대상'으로 전락시킨다. 누구든 자연을 대상화하거나 파괴하지 말아야 한다. 그 역도 마찬가지이다.

그러나 가든타임은 공간과 시간의 흐름에 대한 유기적 관점을 준다. 우리는 현재를 살고 과거를 기억하며 미래를 내다보는데 친구 갑장은 과거에 얽혀 있는 감정대사를 이번 시 작업을 통해 풀어내고 있다. 배 속 음식뿐만 아니라 사람의 마음에도 대사 작용이 참으로 필요하다. 털어내야 시간과 공간이 열린다. 모든 일이 동시에 나에게 일어나는 것처럼 느껴지면 시간과 공간이 축소되고 수축되어 감을 느끼지 않는가?

갑장의 시들 가운데에는 미래의 원망(願望)을 또 과거를 가정하는 것이 자주 나오는데 트라우마를 이리저리 공회전시키다 보면 과거가 현재를 몰아내고 심리적 고립과가 되어 자꾸 자신의 마음을 헤집는 고백성사를 시에게 강요한다. 「속죄」와 「업(業)」의 시가 그렇다. 맑은 시는 대상화 이전에 자신의 존재감이 느껴지지 않는 것이 아닐까?

왜 그리도
그 긴 세월 거슬러 살았던가?

어떻게 속죄해야
원래대로 돌려놓을 수 있을까?

저 바닷물에
얼마나 씻어야 할까?
저 햇빛에
얼마나 말려야 할까?
저 바람에
얼마나 날려 보내야 할까?

내 왔던 별로 돌아갈 날들이
얼마 남지 않아 다급하기만 한데 말이다
-「속죄」

우리 세상 그 시작은
업으로부터이기보다
저 꽃 어느 밤에 피었는지
저 별들은 아는 그 밤부터였으면 합니다

우리 세상 그 사는 동안은
업으로 뒤엉킨 뒤죽박죽이 아닌
바람에 흩어지는 꽃가루 같은
그런 자유로움이었으면 좋겠습니다

우리 세상 그 끝은

업으로 다시 태어날 윤회가 아닌
생멸이 어딘지 도무지 알 수 없는 바람 같은
그런 날이었으면 좋겠습니다
-「업(業)」

이제 '속죄'와 '업'은 가든타임에 묻어 두고 가든타임 즉 정원은 시간의 지평과 정서적 공간을 확대해 주는 자연의 처방전이다. 마하트마 간디(1869~1948)는 이렇게 레시피를 깐다. "땅을 파는 것, 흙을 가꾸는 것을 잃는다면 자신을 잊을 것이다."

우리가 지난여름에 본 부용화가 갑장의 시 메모에 슬쩍 비쳤다. 제주도의 부용화는 찐하고 넉넉하고 마법처럼 유연하다. 그래서 부용화는 경주 산내의 어머니에 대한 애가이며 아내에 대한 연가이다. 10년 동안 드문드문 갑장을 제주도에서 만났지만 한 번도 갑장의 아내는 나타나지 않았는데 이번 시에는 '부부'로 등장하였다.

가슴이 뛰기보다
아플 때가 더 많습니다

한낮 태양 같던 열정은
한밤 달빛 같은 보살핌이 되었습니다

흰머리 하나둘 보이니
후회도 하나둘 보입니다

마디마디 굵어진 주름진 손
눈물 속에 굴절되어 더 주름집니다
-「부부」

　내가 생각하기엔 부용화가 피고 지는 저 정원은 존재 그
자체만으로 이미 얻은 것이 많지만 아직은 덜 충분하다고
생각한다. 우리는 경험적으로 자연과 나누는 소통이나 교
감은 종종 인간과 함께 있는 것보다는 쉽게 일어나지만
인간과 함께 특히 사랑하는 이와 함께할 때는 얼마나 힘
들고 고통스럽고 공회전하는지.
　시 「외로움」은 갑장 스스로 사치 같은 자학이라고 고백
한다. 자연 속에서 혼자 존재하는 것에서 사랑 안에서 둘
로 공존하는 것으로 충분하지 않겠는가? 충분은 대상화에
서 회심하는 것이다.

작은 바위에 붙어
아무도 거들떠보지 않는
담쟁이 단풍 같은 것인가?
아무도 없는 밤사이
혼자 바닥에 떨어져 버린

이른 봄 동백꽃 같은 것인가?

겨우겨우 매달린
마지막 단풍잎 같은 안쓰러움인지
아님, 겨우내 웅크린
벚꽃 망울들 속에 숨어든 것인지도

외로움이란
또 다른 즐거움이라 하면 자학일까?
- 「외로움」

경산 어느 요양원을 방문했다가 충격을 받았다. 곧 닥칠 미래의 우리 모습일 수도 있다는 생각에 마음이 착잡하였다. 손에 약봉지를 쥐고 자는 어느 할아버지의 모습이었다. 대부분의 노인 요양원에서는 제한된 시설, 똑같은 환경 속에 판에 박힌 일과 안에서 기다림으로 점철된다. 식사 시간을 기다리고, 약을 기다리고 그리고 죽음을 기다리는 현대판 고려장⋯⋯. 인생은 한판이고 나쁜 것들은 몽땅 떠나보내고 좋은 것들만 정착시키는 노년의 골든타임에 고작 우리는 병원의 영안실이 마지막 미팅 처소가 아니던가. 만약에 약봉지 대신에 꽃씨를 손에 쥐고 자연과의 교류의 관계를 기다린다면, 혹은 상추씨와 무씨를! 갑장의 시 「꽃씨를 뿌리며」는 애처롭게 다시 가든타임으로 씨를 뿌린다.

오늘처럼 비 내리면
뿌린 꽃씨 싹 틔웠을지 몰라
우산 들고 마당에 내려서 보지만

돌아서
잊어버리고 있으면
어느새 쑥 올라와 꽃 피워 흐드러질 텐데

어쩌냐?
이제 너희들 기다리는 것이 전부이거늘
- 「꽃씨를 뿌리며」

우리 세상은 비관과 낙관이 공존하고 가짜뉴스와 기후
위기가 판을 친다. 압도적인 경제 위기와 불평등 위기 그
리고 인간 위기가 마치 말기 암처럼 환경 우울증을 퍼지
게 하고 있다. 이렇게 죽으나 저렇게 죽으나 죽는 것은 매
한가지이지만 손에 무엇을 쥐고 있느냐에 따라 우리의 '뒤
센 미소'는 달라진다.

씨앗은 미래의 방주이며 하느님의 비유일 뿐만 아니라
다음 세대의 살림이며 가능성이며. 가든타임에서 작은 희
망을 우리에게 맛보게 해 준다. 인생의 마지막 스텝은 요

양원이 아니라 가든타임인 자연으로 돌아가듯이 그리고
종말에 처한 인류의 마지막 선택도 자연일 수밖에 없다.
우리는 그 어느 때보다도 대지의 피조물로 자각해야 한
다. 갑장의 팔순, 구순, 상수연의 씨를 대지에 뿌리고 기다
리는 '생명의 발아'가 전부이기를!

시집을 내며

나에게 있어서 詩란
수도자는 아니지만, 자연의 섭리에 따르고
우주의 질서에 역행하지 않으면서 절대자에게
다가가는 여정에서 생겨나는 부산물 같은 거 같습니다.

9년 전, 유월 어느 날
환갑을 자축하면서 첫 시집 『바람에 춤추다』를
내 형제들, 내 친구들에게 용기 내어 열었습니다.
이제 벌써 칠순입니다.
칠순을 자축하면서
2집 『바다는 이야기꾼』을 또 부끄럽게 열어 봅니다.

수녀가 되기를 원하셨던 어머니는
결혼 때 선물로 받으셨던
작은 나무 십자고상과 큰 묵주를 품에 안고
오래전 다른 별로 먼 여행길을 떠나셨습니다.
머지않아 나도 이 별을 떠나 다음 별로 여행하는 날은
바람은 부는 듯 마는 듯한 날

석양이 아름다운 붉은 저녁때이기를 바라면서

붉게 물든 영정 사진 옆에는 내 시집이 놓여 있으면 좋겠
습니다.

이 시집들을 그때 어머니 당신에게 바치겠습니다.

2023년 유월 어느 날 칠순을 자축하면서

朝天에 사는 朝川 김형태

목차

1부   바다는 이야기꾼

1부

바다는 이야기꾼

제주 돌담

담인 듯
담 아닌 듯
배꼽 높이

돌 사이 벌어진 틈
바람만 지나다닐까?
정도 지나다닌다

툭 차면
와르르 돌
다시 얹으면 돌담
돌만 얹었을까?
정도 얹었다

도시의 높은 담
바람만 부닥칠까?
정도 부닥친다
얹어 둔 것은

정 아닌 경계심뿐이었다

아무 데서나 보이는
제멋대로 제주 돌담
한없이 정겹다

애기소(沼)

저 바위 위에
작은 버선 하나,
작은 동(銅)거울 하나 보인다
푸르스름히 녹이 오른 동거울에는
그녀 평생 가장 정성 들여 화장하고
곧 만나러 갈 임 생각으로
슬프게 웃던 모습 희미하게 남아 있다

화장을 하다
눈물에 범벅되어
다시 하고 다시 하고
몇 번을 고쳐서 했을 듯

견딜 수 없는 그리움에
깊은 소(沼)에 뛰어들어 허우적대다
치맛자락 넓게 펴고
한 송이 능소화로 떠올랐을 때
한양 가신 임은

아무것도 몰랐단 말인가?

* 새로 부임해 온 제주 목사와 사랑에 빠진 기생 '애기'가 한양으로 돌
  아가 버린 임을 생각하며 몸을 던진 방선문 계곡의 소(沼) 앞에서

이야기꾼

바다에
손 담그고
가만히 눈 감으면
손등에
온갖 세상 이야기 들려준다
온갖 바닷속 비밀을 속삭인다

바다는
이야기꾼

한라산

하늘 찌르는 날
추자도 내려다보는 한라산은
온 천하를 누르고 있다
하지만 그 눌림은 답답함이 아니라
저절로 순종하게 하는 위엄이다

하늘 찌르는 날
마라도를 품에 안으려
달려 내려오는 한라산은
그 완만히 내려앉은 능선이
살진 노루 궁둥이처럼 푸근하다

하늘 내려앉은 날
허리를 구름으로 휘 두른 날
이날은 신선이 내려와 쉬는 날

돌담 쌓기

크고 잘생긴 놈으로
부지런히 쌓았다
자꾸 무너진다

작고 못생긴 놈
사이사이에 끼웠더니
이제야 끄떡없다

나는 분명
작고 못생긴 돌

그래 나 없어 봐라
잘난 너희들 다 무너진다

제주도 달

수억 년 전

깊은 땅속 펄펄 끓던 속살을

바다 한가운데 미친 듯이 내뿜어

이 땅 생겨난 그날 밤

그날 밤도 넌 지금처럼 내려다보고 있었겠지

수억 년 뒤

바다 밑바닥 갈라져

그 틈 사이로 가라앉아

이 땅 없어지는 그날 밤

그날 밤도 넌 지금처럼 내려다보고 있겠지

수평선

바다 오른다
하늘 내린다

칼날 같던 수평선은
안개구름에 뭉개졌다

바다 내린다
하늘 오른다

누가 오르고
누가 내리는지

세상사
구분 지을 수 있는 일
얼마나 될까

오르고 내리고
내리고 오르고

그냥 그렇게

아
뒤돌아보니
한라산이 소리친다

귤 따기

하나둘 땁니다
하나가 농부의 마음
둘이 시인의 마음

하나둘 땁니다
하나가 속죄의 마음
둘이 용서의 마음

하나둘 땁니다
빨간 광주리에
농부의 마음 한가득
시인의 마음 한가득

하나둘 땁니다
파란 광주리에
속죄가 한가득
용서가 한가득

괜히

눈물 납니다

비 맞는 고양이

며칠 전 창고 문 열었을 때
고양이 한 마리와 눈 마주치고는 혼비백산
사실은 그놈이 더 놀라
들어왔던 구멍으로 달아났다

엊그제
빈틈을 다 메웠다

비 오는 오늘 아침
비 피할 데 없는 그놈
귤 밭 여기저기 어슬렁거린다

막았던 구멍 다시 뚫었다

광활함

바닥만 보며
천천히 걷던 산책길
떨어지는 빗방울에 머리 들었다

멀리 바다 끝은 하늘로 올랐고
머리 위 하늘은 바다로 내려왔다

다시 내려다본 바닥
무리를 지어 기어가는 개미들
어디로 가는지 나만 모르지 저들은 분명하다
비틀거리는 듯한 나비의 비행
어느 꽃에서 꿀을 따야 하는지 저들은 분명하다

천지는
이렇게 소리 없이 꿈틀거리고
숨 막히도록 도도하고 광활하다

회색 귀신 바람 귀신

회색 도시
내 이웃이 누구인지도 모른다
담장 위에는 호시탐탐 버린 음식을 노리는
도둑고양이의 눈빛만 번득인다

여기에서 눈 감으면
내 영혼도 회색 귀신 되어
표정도 감정도 없는 다른 회색 귀신들과
무심히 스쳐 지나다니고 있을 것이다

여기 숲속
내 이웃은 무질서하게 번진
고양이들 떼거리로 몰려다니고
주인도 모르는 강아지는
언제 왔다 사라졌는지 모른다

여기에서 눈 감으면
내 영혼은 바람 귀신 되어

삼나무 가지 사이 돌아 춤추고

이웃인 꽃 귀신, 구럼비나무 귀신들과

수다 떨고 돌아다니고 있으리라

또 수평선이

저 멀리 해무가
바다와 하늘을 또 섞어 버렸다

바다로 시작된 하늘
저 통로로
삶은 죽음으로 오르고
죽음은 삶으로 내려왔다
현상세계는 이상세계로 오르고
이상세계는 현상세계로 내려왔다

발밑 시선은
바다를 따라 하늘로 오르더니
어느새 바다가 머리 위에 올랐다

아
이 어지러움은
왠지 기분이 좋다

마음을 찾아 나서다

잘 알면서도

하찮은 곳에 마음을 두고

진짜 마음이 어디로 갔나 두리번거립니다

진짜 마음이 달아나 버렸으니

들꽃에서 우주가 보일 리 없습니다

비가 내리면 눅눅하기만 하고

별은 저 혼자 밝힐 뿐입니다

이건 아니다 싶어

마음을 찾아 나섭니다

미리 하는 약속

늦어도 삼십 년 뒤
어디서 다시 만날지
지금 미리 약속해 두자

그리운 벗들
그냥 흩어져 못 본다면
그건 큰일이지 않더냐?

늦어도 삼십 년 뒤
어떤 모습으로 나타날지
지금 미리 약속해 두자

분명
지금 이 모습 그대로는 아닐 터
달라진 모습에 못 알아본다면
그 또한 큰일이지 않더냐?

그래서

나는 지금 미리 말해 두련다

초승달 옆 저 별 근방에서

"조천 바닷가 바람이다" 하면

나인 줄 알아 다오

외로움이 쌓이면

외로움이 쌓이면

어느 날은 동쪽 어느 오름 위에 두고 오고
어느 날은 서쪽 바다 작은 절벽 위에 서서
깨어지는 파도 속에 던져두고 옵니다

그래도
또 외로움이 쌓이면

어느 봄날은 유채 밭에 던져두고 오고
어느 겨울날은 떨어진 동백들과 같이
바람에 굴러다니게 두면 그만입니다

완도에서 서귀포까지

저기

완도 어디쯤에선가 시작된 바람

바다를 미끄러진 그 탄력으로

관음사 지나 백록담 꼭대기 오르더니

서귀포 천지연 폭포 밑으로 처박혀 버렸다

오르고 내린 바람들이

당근은 어디에

마농은 어디에 심을지

보리는 언제

메밀은 언제 씨 뿌릴지를 결정했다

미끄러져 오르고

처박히는 저 바람들이

이 작은 섬의 삶들을 결정지었다

* 마농은 '마늘'의 제주도 방언

농부의 마음

꽃향기에 취해 눈 감은 사이
떨어진 꽃들 내려다보며 찔끔거렸습니다
꽃 떨어진 슬픈 자리에서
콩알만 한 귤들 달려 나오면
꽃 떨어진 슬픔은 벌써 잊었습니다

그렇게
봄 지나 또 여름 지나서
가을로 노랗게 물들어 가면
농부의 마음도 노랗게 물들어 갑니다

늦여름 불어온 태풍
밤새 온 세상 다 날아갈 듯했습니다
태풍은 지나가고 바닥에는 떨어진 귤들
그 정도로 끝나고 잘 견뎌 준 귤들이
마치 군에 갔다 온 아들처럼 대견스러웠습니다

농부의 마음은

얄팍한 말재주만 없었을 뿐

분명 시인의 마음이었고

수도자의 마음이었을 게 틀림없습니다

해무(海霧)

오락가락 꿈과 생시
엉켜 버린 이성과 욕망
삶과 죽음의 모호한 경계

해무가
바다와 하늘을 뒤섞어 버렸다

오늘은
수채화 그린 날

2부

꽃씨를 뿌리고

동백이 뚝뚝 떨어져 버리는 이유

멀쩡하던 동백이
뚝뚝 떨어져 버리는 건
아마도 그때 이후부터인지 모릅니다

뒷집 하르방
동백낭 아래에서
무장대 죽창에 찔려 쓰러지던 밤
동백은 소리도 못 지르고 다 보았습니다

운동장에 모아 놓고
토벌대 집단 총질해 대던 미친 날
쓰러진 엄마 젖꼭지 물고 울던 아기
운동장 모서리에 서 있던
동백은 울지도 못하고 다 보았습니다

그렇게 놀란 동백
그때 이후부터
멀쩡한 채로 뚝뚝 떨어져 버립니다

꽃이면, 바람이면, 별빛이면

아침에 일어나
처음 만나는 마음이
하찮은 어제의 걱정들뿐

그 첫 마음이
꽃이면,
바람이면,
별빛이면 좋으련만

이 별에서의 마지막 날 아침
그 아침에 만나는 첫 마음은

동백꽃은 바람에 떨어지지 않을까?
억새 흔든 저 바람은 어디로 불어 갈까?
별빛은 흔들리지 않을까 걱정하는 마음

그런 마음
그런 날 아침이었으면 좋겠습니다

야생화

이름 모르는
저 작은 야생화

저 혼자
저절로 피어났다
누구의 축복도 없이

저 혼자
저절로 떨어졌다
누구의 슬픔도 없이

민들레 그리고 나

홀씨로 날아와
이 한적한 길옆에
이렇게 노랗게 꽃 피우면
찾아와 줄 사람 있을까 걱정한 적 없더냐?

단 하루도 걱정한 날 없었다

이 별에 태어나
떠날 때 가까워진 이제껏
어떻게 내 흔적 남길까 걱정한 적 없더냐?

단 하루도 걱정하지 않은 날 없었다

꽃별

대낮에
별들이 피어올랐습니다
길모퉁이 코스모스
꽃대 하나에 꽃 하나씩 들고
별들처럼 와르르 피어올랐습니다
바람에 흔들림은
영락없는 별들의 반짝임입니다

꽃이라 해도 좋고
별이라 해도 좋습니다
그럼
꽃별이라 할까요?

아시나요

아시나요
낮에 보았던 그 꽃들이
이 밤 저 별들인 것을

아시나요
이 밤 저 별들은
새벽이면 떨어져
다시 꽃으로 피어남을

욕심의 마당

아주 조금씩
욕심을 비워 내던 중
새로운 욕심이 생겼습니다

그 욕심
마당에 빨갛게, 노랗게 피었습니다

어제 서우봉 산책길
무리 지어 피어 있던 들꽃들
꺾지 않고 두고 봄이 옳은 일이지만
한두 뿌리 캐어 온들 금세 번질 터라
오늘 새벽 욕심내어 몇 뿌리 마당에 옮겼습니다

아픈 사랑도
슬픈 눈물도
애타는 그리움도
꽃 한 송이면 충분합니다

욕심이 마당 한가득합니다

이 욕심은 부려도 될 듯싶습니다

동백

좋은 햇살
다 보내더니
눈발 날리는 인제야
빨간 입술 삐죽이는구나

하지만
그리 늦진 않았다
이제 철들려는 나도 있지 않으냐

그런데 동백아
너는 왜 늘 아프단 말이냐

심술궂은 동백

도대체

무슨 심보더냐

이제 막 활짝 피지 않았더냐

그렇게 뚝뚝 떨어져 버리면 어쩌란 말이냐

사춘기 소녀의 이유 없는 자학 같은 것이더냐

좀 시들었다 떨어지면 어떻더냐

자학이 아니면 심술이던가?

어제 비바람 몰아쳤다고

심술부려 떨어졌던 것이더냐

멀쩡하게 떨어져

바닥에 굴러다니는 너희를

안타까이 쳐다보는 이 아픔을

어이하란 말이냐

꽃, 별, 단풍 그리고 나

꽃 떨어졌다
슬퍼 마세요

맑은 날 밤하늘
못 보던 별 하나
보이지 않던가요

단풍 떨어졌다
울지 마세요

석양이 붉은 건
떨어진 단풍에
물들었기 때문이니까

어느 날
나 죽거든 슬퍼 마세요

그대 머릿결 쓰다듬을 바람

그 바람이

나이기 때문입니다

수채화와 꿈

가끔은
안갯속에 내리는
비 같은 수채화가 좋다
뚜렷한 구분 없이
서로 넘나들어 여유롭고
그 번짐은 부드러운 포용이다

꿈은
수채화처럼 번져 있다
중심만 뚜렷할 뿐 주변은 번져 있다

깨어 있는 세상이
각박하게 선명한 유화라면
꿈꾸는 세상은
흐릿한 여유와 포용의 수채화다

다음 생은
수채화였으면 좋겠다

들꽃

새벽 숲길 걸으며
몇 번이고 다짐한다

있는 듯 없는 듯 살리라
작은 들꽃처럼 살리라

그리 잘난 인생 아니다
어설프게 떠들지 말아라

그러나
작은 들꽃 속에서도
우주는 숨 쉬고 있다

꽃처럼 살다 가리다

꽃으로 피어올랐다
바람에 꽃 떨어지면
바람으로 돌아오겠습니다

바람으로 자유롭다
계곡 돌아 사라지면
구름 되어 하늘 오르겠습니다

구름처럼 흐르다
비 내려 하늘 걷히면
별빛으로 돌아오겠습니다

별빛으로 반짝이다
새벽 되어 땅에 떨어지면
꽃으로 다시 피어오르겠습니다

내 영혼의 순환은
이 안에서만 이루어지길

간절히 또 간절히 기도합니다

분재

어느 정원
기이한 모양의 분재들
몇 년을 철사 줄에 감겨
어디 숨이나 제대로 쉬었을까?

대중 앞에 나선 위선자들
인격을 철사 줄로 묶어 가공한 분재들

이름도 모르는
잡풀 속 하얀 저 들꽃
마냥 자유롭다

그대여
들꽃으로 피어나라

상사화

이름만으로도
충분히 아프다

임 떠나보낸 여인의 눈물이
농축되고 승화되어 피어난 것이더냐?

넌 어찌
잎을 다 버리고 나서야
노루목처럼 긴 대 하나 세우고
이제야 이렇게 아프게 피어났더냐?

소나무

아무 말 하지 않으면
아무 마음 갖지 않으면
너처럼 고고해질 수 있을까?

바람만 탐한다면
햇빛만 탐한다면
너처럼 푸르게 청빈할 수 있을까?

한여름 뙤약볕도
엄동설한 칼바람도 다 받아내면
너처럼 항상 우뚝할 수 있을까?

꽃씨를 뿌리며

오늘처럼 비 내리면

뿌린 꽃씨 싹 틔웠을지 몰라

우산 들고 마당에 내려서 보지만

돌아서

잊어버리고 있으면

어느새 쑥 올라와 꽃 피워 흐드러질 텐데

어쩌나?

이제 너희들 기다리는 것이 전부이거늘

꽃이란

꽃이란

피기 전 몽우리는
두근두근 설렘이고

피어 있는 동안은
왠지 짠한 애처로움이고

바닥에 떨어지면
한없는 안타까움이다

그리곤
다 잊어버린다

3부

🐟

흩어짐과 뭉침

흩어짐과 뭉침

애초에 왔던 곳으로 돌아갈 때

내 영혼 조각 되어 흩어진다면

한 조각은 별빛 되어 밤길을 밝히고

다른 한 조각은 바람 되어 계곡 사이 돌아다니겠지

또 다른 한 조각은 천둥소리 되어

비 피해 토굴 속에 숨어든 짐승들 놀라게 하리라

애초에 왔던 곳으로 돌아갈 때

내 영혼 흩어지지 않는다면

우주 깊숙한 곳 큰 의지 속으로 빨려들어

큰 영혼의 뭉침 되어

이 우주 질서를 관장하는 주체의 한 부분 되리라

가만히 들여다보면

영혼의 흩어짐은 영혼의 뭉침 속에 있어

그 흩어짐은 결코 흩어짐이 아니더라

Who am I?

내 안에 있는

또 다른 나는 누구인가?

내 안엔

어설픈 수도승도 한 놈 살고

카사노바 같은 놈도 같이 산다

계산 빠른 장사꾼도 한 놈 살고

바보 같은 농사꾼도 같이 산다

들판에 풀어놓으면

날뛰는 야생마도 한 마리 살고

아름다운 음악 들으며

조용히 움츠린 고양이도 한 마리 산다

Who am I ?

부처인 듯 하느님인 듯

잘 둘러보아라

여기도 부처인 듯
저기도 하느님인 듯
바닥을 내려다보니
작은 들꽃은 부처의 미소
하늘을 올려보니
구름 뒤에 하느님이 숨었다

잘 들어 보아라

여기도 자비인 듯
저기도 사랑인 듯
새들의 지저귐은 부처의 자비
바람의 속삭임은 하느님의 사랑

법당 안
부처는 풀어주어라

교회 안에

하느님을 가두지 말아라

이해와 느낌

세상 이치
우주의 질서
다 이해할 수도 없지만
다 이해할 필요도 없다

동백은
왜 찬바람이 불 때 꽃을 피우는지
우주의 시작은 어디이고 끝은 어디인지
바람은 어디에서 시작하고 어디에서 끝나는지

동백이 피고 지듯
우리도 피고 지고
우주의 시작에서 끝까지
다음 생에서는 단숨에 갈 수 있을 듯
바람이 어디에서 시작되는지는
내 죽어 바람 되면 그 자리가 곧 그곳

이해를 앞세우면

더 많은 의문과 혼돈이 따라붙고

느낌을 따라 살면

그 순간 삶은 곧 축제이다

어느 무덤 앞에서

무얼 그리 남기려 했습니까
고작 흙 한 무더기일뿐이잖습니까

그대가 누구였는지 모릅니다
누구였는지 관심도 없습니다
그런데 그대는 이렇게 애를 썼나 봅니다

아무리 그대가
왔다 간 흔적 남기려 애써 본들
백 년이 세 번만 지나면 그 흔적 다 없어질 텐데

난 그대처럼
그리 어리석은 흔적은 남기고 싶지 않습니다

억새가 흔들리면
내가 바람 되어 돌아온 줄 아시면 될 것입니다
구름이 유유히 흐르면
그 뒤에 내가 숨어 있는 줄 아시면 될 것입니다

천둥 번개 치는 밤은

내가 소리 지르는 줄 아시면 될 것입니다

연장선

죽음 이후란
너무도 명백하고 지극히도 간단한데
지금 삶이란
너무나 모호하고 지독히도 복잡하다

죽음의 연장선에서
삶을 끌고 오면
지금의 삶이란
너무도 명백하고 지극히도 간단해진다

삶의 연장선에서
죽음을 끌고 가면
죽음 이후란
너무도 모호하고 지독히도 복잡해진다

어리석은 인간들
삶의 연장선에서 죽음을 끌고 가
죽음 이후를 천국이니 지옥이니

모호하고 복잡하게 만들었다

현명한 현자들

죽음의 연장선에서 삶을 끌고 와

지금 삶을 명백하고 간단하게 만들어

텅 빈 마음으로 죽음으로 걸어갔다

텅 빈 블루모스크

당황했다
텅텅 비어 있었다
생전 처음 들어선 블루모스크
십자가도, 금빛 부처도 없었다

아직 나에게 신의 모습이
십자가와 금빛 부처로 남아 있음에 화들짝 놀란다
텅 빈 모스크가 당황스러운 건지
스스로 놀람이 당황스러운 건지

건너편 성 소피아 성당
회칠 옷 벗은 성화가 여기저기 드러났다
이슬람의 속 좁은 눈가림인 줄 알았지만
아마도 자유로운 텅 빈 공간이
벽화로 가득 채워지는 것이 싫었는지도 모른다

금빛 부처도
십자가까지도

우상 숭배같이 봄은 지나침일까?

자유로워지자

텅 빈 모스크처럼

텅 비워 둠은 그 자리 자아로 채우라는 뜻일 듯

원래의 나

저 별까지
얼마의 시간이면 갈 수 있을까?
육체의 구속을 벗어던지면
단숨에 갈 수 있을까?
저 별에서 또 다른 별까지도
단숨에 옮겨 갈 수 있을까?

이 별에 오기 전의 기억이 없었듯
저 별로 돌아가면 이 별의 기억 또한 없어질까?
아마도 그럴 듯싶다
그래야만 착각에서 벗어날 듯싶다
원래의 나란
지금의 내가 나라는 착각에서
저 별까지 단숨에 가는 순간
모든 기억들도 단숨에 사라지리라
그때야 비로소
원래의 나에게로 돌아가 쉬게 되리라

저울질

세상일
아직도 저울질합니다
아침에 눈뜨면
아무리 작은 결정조차 저울질이 앞섭니다

가슴의 무게를 달아 보고
넘쳐 손해다 싶으면 들어내고
모자라 기운다 싶으면 더 얹습니다

지금껏
그 저울질 한 번도 맞은 적 없습니다

너를 위해 달 때면 더 얹고
나를 위해 달 때면 더 들어내고
그러면 틀림없이 맞는 저울질일 텐데 말입니다

업(業)

우리 세상 그 시작은
업으로부터이기보다
저 꽃 어느 밤에 피었는지
저 별들은 아는 그 밤부터였으면 합니다

우리 세상 그 사는 동안은
업으로 뒤엉킨 뒤죽박죽이 아닌
바람에 흩어지는 꽃가루 같은
그런 자유로움이었으면 좋겠습니다

우리 세상 그 끝은
업으로 다시 태어날 윤회가 아닌
생멸이 어딘지 도무지 알 수 없는 바람 같은
그런 날이었으면 좋겠습니다

마음

한낮 겨울 해는 좋은데
몇 줄기 겨울비는
바람에 날려 사선을 그었다

하늘 쳐다보니
둘로 갈라졌다
반은 시커멓고 반은 해가 떴다

이런~
이것은 내 마음이구나

참마음

십자가 앞에 꿇기보다
초저녁달에 빌었습니다
부처에게 절하기보다
장독대 위에 물 한 사발 올려두고 빌었습니다

바다에 술 한 잔
온 마음으로 뿌리고
마당에 밥 한 술
온 정성으로 던졌습니다

그렇게 뿌린 마음
그렇게 던진 마음
하잘것없다
미개한 미신이다
그렇게 말하지 않았으면 좋겠습니다

아름다운 마음
격식 없는 신앙 같은

위선 없는 참마음이었습니다

혼돈

하얗게 쉬어야 할 겨울은
쉬는 둥 마는 둥 봄으로 넘어가고
떠밀려 넘어온 봄은
순서도 잊어버리고 꽃들을 피워 낸다

여름의 대지는
밤에도 식을 줄 모르고
그리도 높던 가을 하늘은
구름 밑으로 내려와 버렸다

별들은 떨어져
바닷가 모래알들과 뒹굴고
새들은 기어 다니고
뱀들이 날아다닌다

나무는 뿌리를 하늘로 서고
산짐승들은 바다로 뛰어들더니
고래는 새끼를 데리고 산으로 올라가 버렸다

영혼들의 집

형체도 없는데
이리도 생생한 것은
바람 속의 영혼들 때문입니다

구름이 흘러가는 것은
바람에 밀려서가 아니라
바람 속 영혼들을 쫓아가기 때문입니다

눈이 흩날리는 것은
바람 때문이 아니라
바람 속 영혼들이 춤추기 때문입니다

바람은
영혼들의 집입니다

동주처럼 목월처럼

흘러내린 눈물이
한 줄 詩가 되어 흐른다면
아무리 울어도 좋다

잘 이겨 낸 고통이
한 소절의 노래가 된다면
아무리 아파도 좋다

동주처럼
별을 헤아릴 수 있다면
오늘 당장 죽어도 좋다

목월처럼
구름에 달 가듯 흐를 수 있다면
내일 당장 죽어도 좋다

이치

손 닿지 않을 거리 두어
움켜잡을 욕망 없어지면
그까짓 갈등도 없어질 듯

매달리는 마음이 아니면
집착에 빠져들지 않으면
미움도 자라지 않을 것을

이치는 그리도 간단한데
실상은 이리도 복잡하네

내면의 입구

내면으로의 입구 중
그 하나가 격식이라 착각한다
격식에 충실하면
내면의 입구에 다 왔다 착각한다

그 격식 또한 다양하다
내가 따르는 격식은 신성하고
남이 따르는 격식은 미신이다

지금껏
잘 짜 맞추어진 격식은
몇 번의 고비는 있었지만
수천 년을 잘 버텨 왔다
그 격식의 꼭대기에 올라탄 몇몇은
스스로 작은 신이 되어
내면의 입구로 들어가는 입장권을
비싼 값으로 팔고 있다

내면의 입구에

격식이라는 창은 없다

다시 얹는 돌

함부로

돌 하나 얹지 마라

돌 위에 얹은 돌은 돌이 아니다

뼈를 깎는 애절함을 얹은 것이고

속으로 터져 버린 울음을 얹은 것이고

지푸라기 같은 간절함을 얹은 것이다

무어라

미신이라 비난할 자신 있으면 해 보라

이보다 더 하얀 마음 있으면 나와 봐라

이보다 더 아름다운 기도 있으면 해 보아라

때론

얹은 정성에 보답이 없어

스스로 와르르 무너뜨리지만

돌아서 다시 얹는다

지나가던 나도

작은 돌 無心 하나 얹고 합장합니다

우주와 나

내가 우주를 쳐다보면
내 두 눈에
내 가슴 안에 있다

우주가 나를 쳐다보면
나는
나는 없다

4부

삼백 년 사랑

삼백 년 사랑

장미처럼 화려한 사랑
삼 년이더니
장미 가시에 찔린 사랑
삼십 년이더라

솜사탕처럼 달콤한 사랑
삼 년이더니
탕약같이 쓴 사랑
삼십 년이더라

눈웃음으로 키운 헤픈 사랑
삼 년이더니
눈물 마시고 자란 아픈 사랑
삼십 년이더라

장작불 사랑
기껏 삼 일 밤 타오르더니
호수 같은 사랑

삼십 년 흘러 바다에 이르더라

이제
그 아픔 다 알았으니
삼 년 같은 사랑으로
삼백 년 사랑하리라

속죄

왜 그리도
그 긴 세월 거슬러 살았던가?

어떻게 속죄해야
원래대로 돌려놓을 수 있을까?

저 바닷물에
얼마나 씻어야 할까?
저 햇빛에
얼마나 말려야 할까?
저 바람에
얼마나 날려 보내야 할까?

내 왔던 별로 돌아갈 날들이
얼마 남지 않아 다급하기만 한데 말이다

친구의 죽음

죽음을 코앞에 두고도
여전히 내가 왔던 곳으로
자연스레 돌아갈 뿐이다
하나도 두렵지 않다고 말할 수 있을까?

친구는
코앞도 지나
지금쯤 자기 죽음을
뒤돌아보고 있을 것이다

다시 한번 다짐한다
죽음에 다다른 그때
비겁하게 뭔가 잡으려 헛손질하지 않을 것을

친구야
잘 가거라

사랑과 미움

누군가
당신을 미워하던가요?
그건 약간 모자라는 사랑이랍니다

당신이
누군가를 미워하나요?
그건 사랑의 다른 모습이기도 합니다

무관심이 아닌
미움을 주고받았다면
당신은 적어도 반쯤은 제대로 살았습니다

하지만
미움을 미움인 채로 내버려 두진 마세요
이해와 용서로 보살피면
미움은 애처로움이 되고
애처로움은 눈물이 되고
눈물은 어느덧 사랑이 되어

당신 곁에 돌아와 조용히 머물 것입니다

이건

내 이야기입니다

섭섭함

내 섭섭함
당신 섭섭함
서로 뒤엉켜 앞뒤가 없었습니다
아니 아무리 생각해 봐도
내 섭섭함이 먼저였습니다

견디기 힘들어
당신보다 선수 쳐서
진심 모자라는 사과도 했습니다
그러나 마음은 편치 않았습니다

아직 진정 내 섭섭함의 그늘을
양보와 용서와 사랑으로 밝힐 수 있을지 모르겠지만

이제는 내 섭섭함을
당신 섭섭함 뒤로 돌릴까 합니다

부부

가슴이 뛰기보다
아플 때가 더 많습니다

한낮 태양 같던 열정은
한밤 달빛 같은 보살핌이 되었습니다

흰머리 하나둘 보이니
후회도 하나둘 보입니다

마디마디 굵어진 주름진 손
눈물 속에 굴절되어 더 주름집니다

돼지의 눈

길게 손톱 세웁니다
깊숙이 찔러 들어내는 심장
펄떡이는 심장
한 손으로 누르고
다른 손 긴 손톱으로
천천히 그어 내려갑니다

헤집어 돼지의 눈을 도려냅니다
30년 넘게 자란 돼지의 눈입니다
보석을 보석으로 보지 못한
돼지의 눈을 도려냅니다

그리움의 흔적

아무도 모르게 피어오르더니
마침내 구름 뒤에 숨어들었습니다

숨어서 소리 죽여 울다
끝내 견딜 수 없었는지
비 되고 눈 되어
바다에 내려앉았습니다

그렇게 또
그리움은 흔적도 없이
바다 밑바닥에 가라앉았습니다

무심

다들 아무 말 없다
아까부터 저 별들은
할 말이 있는 듯했지만
내려다볼 뿐 말이 없다
바다도 말없이 일렁일 뿐이고
바람도 그냥 지나쳐 무심하다

겉으로 보기엔
나도 가만히 있는 듯하지만
나 혼자만 시끄럽다
왜 나만 이리도 엉켜 있는가?
왜 나도 바람처럼 무심하지 못할까?
왜 나도 별빛처럼 가만히 내려다보지 못할까?

내 영혼이
조각되어 흩어지면
그땐 무심하려나

한 조각은 바람으로

한 조각은 별빛으로

한 조각은 검은 파도로

그때야

무심해지려나

그리움

하루 중 아무 때나
몇 번이고 왔다 간다
다행스럽게도 그 흔적
그리 요란하지는 않다

예전엔
찢어지고 망가지고
상처이고 혼돈이었는데
지금은
그럭저럭 견딜 만한 그리움이다

새벽 꽃 이슬에 젖으면
그리움도 꽃처럼 젖어 들고
밤하늘 별들 반짝이면
그리움도 별빛처럼 내리고
달 아래 구름 흐르면
그리움도 나그네처럼 흐른다

꽃처럼

별처럼

나그네처럼

그리움은 늘 곁에 있었습니다

가시

내 몸에 가끔 가시 돋습니다
내 몸짓 모두는
당신을 찔러 피 흘리게 했습니다

내 입에 가끔 가시 돋습니다
내 입에서 나온 말은
당신 가슴을 후벼 파고들었습니다

내 몸에
내 입에
가시 돋지 않게 하소서

그림 한 폭

때론
이런저런 관계 다 지워 버리고
새로운 관계들로 채우고 싶어진다
그러나 어찌하나?
이미 맺어진 관계는 지우기 그리 만만찮은데
하면, 덧칠할 수밖에

미안했던 관계
부끄러웠던 관계
안타까웠던 관계를
속죄와 보속으로 두껍게 덧칠한 뒤
그 위에 새로운 관계를 그릴 수밖에

이제
그림 한 폭 허공에 걸어 두고
홀연히 다음 별로 떠나리라

흐르는 사랑

흐르던 물
둑 쌓고 가두면
썩어 이끼 낍니다

흐르던 바람
담장 세워 막으면
소용돌이 일어납니다

사랑도
물처럼
바람처럼
가슴 안에 가두면
집착이란 이끼 낍니다

둑 허물어
냇물처럼 사랑 흐르면
바다에 다다라 큰 사랑의 일부가 될 듯

담장 허물어

바람처럼 사랑 흐르면

그 사랑 온 세상에 미치리라

풀어 둔 사랑

묶어 두고
사료만 던져 준 강아지는
줄 끊어지면 멀리 달아나 버린다

풀어두고
쓰다듬고 관심 둬 준 강아지는
애초에 묶지 않았어도 늘 주위를 맴돈다

사랑을
내 욕심의 끈에 묶어 두면
집착의 끈이 되어
언젠가 끊어져 멀리 달아나 버린다
달아나 버린 사랑을 아파 울지만
그건 슬픔이 아니라 원망이다

사랑을
존중과 관심으로 풀어두면
그 자유로움은 풀리지 않는 끈이 되어

늘 내 안에 머물러 산다

언젠가 어쩔 수 없는 물리적인 이별이 오면

조용히 눈물 흘리지만

그 눈물은 슬픔이기보다 희망이다

하얀 눈

아픈 기억 하나
쓰린 추억 하나
하늘로 하늘로 올렸더니

하얗게 정제되어
하얗게 그리움 되어
밤새 소리 없이 내려앉았습니다

비밀

달빛이 흔들리는 날
구름 뒤에 숨겨 두고 온 것이
얼마나 아픈 쓰라린 그리움이었는지

바람 지독히 부는 날
파도 속에 던져두고 온 것이
얼마나 견디기 힘든 외로움이었는지

그건
모두 비밀입니다

늘 궁금합니다

별
늘 궁금합니다
저 많은 별들 중
지난번 머물렀던 별은 어느 별인지
이번에 가야 할 별은 어느 별인지

바람
늘 궁금합니다
마당의 코스모스 꽃대
오늘 아침은 꼿꼿하지만
언제 흔들어 댈지 모르는 바람은
어디에서 조용히 쉬고 있는지

구름
늘 궁금합니다
쓸쓸한 외로움의 피난처
그리움이 언제든 숨을 수 있는 곳
얼마만큼 쌓이면

비 되어 내리는지

눈 되어 내리는지

바다

늘 궁금합니다

언제는 그 끝 선이 칼날 같더니

언제는 또 하늘과 하나 되어 버리고

언제는 배부른 고양이처럼 얌전하더니

언제는 또 묶어 둔 강아지처럼 사나워지는지

열 아이의 엄마

다섯 아이는 가만히 있는데
나머지 다섯 아이가 투덜댄다
투덜대는 다섯 아이 나무랄 수 없다

여섯 아이는 가만히 있는데
나머지 네 아이가 투덜댄다
네 아이를 꾸짖을 자신이 없다
여섯 아이가 틀렸을 수도 있기 때문이다

일곱 아이는 가만히 있는데
세 아이가 투덜댄다
이젠 세 아이를 꾸짖어야 할 때이다

여덟 아이가 가만히 있는데
두 아이가 투덜댄다
두 아이를 제대로 꾸짖어야 한다
두 아이의 투덜댐도 존중 받아야 하지만
이쯤이면 통념이니 따라야 한다고 가르쳐야 한다

그런데

두 아이가 끝내 말을 듣지 않는다

아이 엄마는 돌아서 울고 말았다

어찌 감히

눈에 보이는 우주는
모든 생명들의 덩어리
눈에서 벗어난 우주는
모든 영혼들의 큰 덩어리

느낄 수 있는 우주는
아주 짧은 찰나의 순간
느낄 수 없는 우주는
찰나가 쌓이고 쌓여 감당도 안 되는 억겁

작은 마음 하나 들여다보지 못하면서
어찌 감히 우주를 이렇다 저렇다 한단 말인가?

5부

풀냄새 흙냄새

뽑아 올리기

비 온 뒤 풀 뽑았다
흙냄새 뽑혀 올라왔다

노을 질 때
내 마음 뽑아 올리면
노을만큼 붉을 수 있을까?

별들이 수다 떨 때
내 마음 뽑아 올리면
별들처럼 반짝일 수 있을까?

파도치는 날
내 마음 뽑아 올리면
얼마나 철썩이고 있을까?

아무 일 없었다

사랑이다 뛸 듯했고
이별이다 죽을 듯했다

작은 새 날갯짓 한 번
스쳐 지난 바람 한 조각
억새 한 번 흔들림이었을 뿐

아무 일 없었다
아무 일 없을 것이다

외로움

작은 바위에 붙어
아무도 거들떠보지 않는
담쟁이 단풍 같은 것인가?
아무도 없는 밤사이
혼자 바닥에 떨어져 버린
이른 봄 동백꽃 같은 것인가?

겨우겨우 매달린
마지막 단풍잎 같은 안쓰러움인지
아님, 겨우내 웅크린
벚꽃 망울들 속에 숨어든 것인지도

외로움이란
또 다른 즐거움이라 하면 자학일까?

시와 노래와 수채화

시를 수채화처럼 쓰고
수채화를 시처럼 그릴 수 있다면

노래를 수채화처럼 부르고
수채화를 노래처럼 그릴 수 있다면

노래를 시처럼 부르고
시를 노래처럼 쓸 수 있다면

시와 노래와 수채화
이 모두를 하나로 섞어 버릴 수 있다면

얼마든지 좋다

도심 속에 웅크린
회색 외로움이 아니라면

가로등 불빛 아래 떨어지는
빗줄기 같은 외로움이라면

천천히 흐르는 구름 사이
별빛처럼 반짝이는 외로움이라면

계곡을 빠져나온 바람
그 바람 뒤따라오는 외로움이라면

얼마든지 좋다
이런 외로움이라면 즐길 만하지 않은가?
이보다 더한 사치는 없지 않은가 말이다

충분하다

한여름 밤
낡은 흔들의자에 누워
맴도는 바람과 풀벌레 울음에 얼핏 잠들었다

구름 뒤 숨은 저 달
언제 다시 나타날까 하는 기다림
이보다 더한 달콤함이 또 있을까

흐르는 구름에
달은 숨바꼭질하고
바람은 추억들을 흔들고
풀벌레는 여름밤을 울어 댄다

무엇을 더 바랄까
이것이면
충분하지 않은가

반 고흐

저 거친 터치감은
솜털이 일어나는 전율이다
분노와 반항임이 틀림없다

아무도 알아보지 못한 앞서가는 자신의 세계
받아들여지지 않았던 사촌 여동생에 대한 사랑
자신 앞에서만 비틀거리는 현실
스스로 귀 자른 광기
마침내는 권총 자살

몇 년 전
'아이리스' 앞에 서서
난 얼어붙어 버렸다
아무 할 말이 없었다

이 새벽에 깨어
왜 그의 광기가 일어날까?

왜 그의 영혼이 안타까울까?

만약 그의 영혼을 누군가 따뜻이 안아 주었다면

그의 붓질은 달라졌을까?

비록 그의 삶은

고통으로 일그러졌으나

고스란히 펼쳐 놓은 그의 고통을 통해

우리는 우리의 고통을 치유 받는다

신이시여

그의 자살을 용서하소서

창고 문을 열다

마음 창고
녹슨 자물통 열었습니다
이 구석 저 구석
먼지 뒤집어쓴 상자들
그중 하나 먼지 털어 내니
상자에 붙은 표지 '후회'

한참 망설이다 상자를 열었습니다
와르르 쏟아집니다

내 욕심에 흘린 당신 눈물
내 자존심 세우느라 상처 입은 당신 자존심
매 순간들을 멍하니 쳐다보다 마침내 울고 말았습니다
한참을 소리 없이 울다 입술 꼭 깨뭅니다

'후회'라는 보관 상자를
다시 또 만들지 않을 수는 없지만
이제는 마음 창고 어느 구석에 두었는지 알 수도 없는

아주 작은 상자였으면 좋겠습니다

수다

아무거나 떠들어도

뭐라 할 사람 없다

이 판에 주제 따윈 없다는 말이다

발언권도 필요 없다

먼저 끼어들면 최고다

이 판에 정해진 순서도 없다는 말이다

후환이 두려울 것도 없다

이 판에 회의록 같은 건 남기지 않는다는 말이다

이 놀이판에

단순한 규칙 몇 가지만 있다

형이상학 들고나오면

당장 쫓겨난다는 것이다

잘난 체해도 바로 쫓겨난다

단순할수록 환영받는다

어제 그제 이틀

불알친구들 모여

유치하게 신나게 떠들었다

인생

잘난 척할 필요 없다

외로움은 친구처럼

왜 오는지
언제 오는지
도무지 알 수 없다

바람에 실려
별빛에 얹혀
늘 그렇게 찾아왔었지

그렇게 찾아온 너를
애써 놓으려 할 필요 없는 듯
일부러 떨치려 할 필요는 더욱 없는 듯

그래
너 있을 동안은
내 옆에서 친구처럼 지내다
어느 새벽 조용히 가려무나

소나기

한여름 대낮
산에서 천둥이
우르릉 굴러 내려왔습니다
바다로 달려가더니
파도에 부딪혀 산산조각 났습니다

천둥에 깨어진 구름은 소나기로 내리고
뜨겁게 달았던 대지는 땅 냄새 올렸습니다
대지에서 올랐던 땅 냄새
비에 녹아 땅속으로 다시 스며들더니
그제야 소나기도 그쳤습니다

한여름 대낮 소나기
이렇게 갑자기 요란스러웠습니다

입 다물라

어떤 언어도
진리에 못 미친다

홀로
눈 감고
침묵 한가운데에서
가슴으로 다가갈 뿐이다

입 다물라
이렇게 나불대는 것조차

may be

언제부턴가
똑 부러짐보다
약간 흐리멍덩함이 편해졌다
아니 현명해졌다는 말이 맞는지도 모른다

분명하고 아름다운 미켈란젤로의 선(線)보다
거칠고 비뚤비뚤한 고흐의 선(線)이 자유롭다

yes, no보다
may be

모호한 경계

희미한 낮은 구름이
산허리를 모호하게 길게 갈랐다
시각의 경계에 서 있다

바람 소리와
섞일 듯 말 듯한 억새 비벼 대는 소리
청각의 경계에 서 있다

가끔 외롭지만
그 외로움에 겹칠 듯 말 듯한 평온함
가슴의 경계에 서 있다

그중 가장 모호한 경계는
단연 가슴에 그어진 경계인 듯
하루에 수십 번도 더 이 경계를 넘나든다

분노와 용서
외로움과 평온함

그 외 내 속에 들어앉은 수많은 양면성

나는
늘 이 경계에 서 있다

순리

여기 숲속에서
나만 조급하고
나만 갈등을 움켜잡고 있다
나 말고 모든 것은 여유롭고
나 말고 모든 것은 순리대로 흐른다

4월이 내일인데
마당에 배롱나무는
아직 마른 가지로 태연하다
언제 새순 나고 언제 꽃 필지
나만 자꾸 눈길이 가고 다급하다

배롱나무 아래
배 드러내고 누워 발 핥고 있는 고양이
제 오고 싶을 때 오고 제 가고 싶을 때 간다
언제 오나 기다리는 건 나뿐이고
비 오면 어디에서 비 피할까 걱정하는 건 나뿐이다

새순 돋고 꽃 피워 내고

저 고양이 오고 감에

조급함도 갈등도 없다

오로지 순리대로다

시속 1,300km

착각이다
저 붉은 불덩어리가
서쪽 바다 밑으로 가라앉는다니

사실은
내가 뒤로 자빠지고 있었던 것이다
그것도 시속 1,300km로 말이다

착각이다
저 붉은 불덩어리가
동쪽 바다 끝에서 솟아오르고 있다니

사실은
내가 달려들고 있었던 것이다
그것도 시속 1,300km로 말이다

어디 착각이 이것뿐이던가
내가 땅바닥을 딛고 서 있다니

사실은

내 발바닥을 빨판처럼 해서

땅에 붙어 거꾸로 매달려 있는 줄도 모르고 말이다

어머니와 별

지난밤은
어느 별에 머무셨나요?

그 별에도
당신 좋아하시던
홍초 심어진 작은 꽃밭 있던가요

그 별에서도 누군가가
별 하나에 어머니 어머니
별을 세고 있던가요

오늘 밤은 또
어느 별에 머무실 것인지요?

다 압니다

가끔 저 몰래
슬쩍 다녀가시잖아요
며칠 전 유난히 반짝이던 별
어머니 당신이었다는 거 다 압니다

마당 한편에
당신 좋아하시던
제라늄 심어 두었습니다
오늘 아침 그 꽃잎에 내렸던 비
어머니 당신이었다는 거 다 압니다

언제, 어디 머무시다
어떤 모습으로 찾아오시는지
미리 알 수는 없지만
오늘처럼 이렇게 오셨다 가시면
늦게나마 어머니 당신이었다는 거 다 압니다

별들의 수다

다들 잠든 새벽
너희들끼리 나누는 수다
혼자 몰래 다 엿들었어

"저기 오름 밑 곶자왈에서
혼자 집 짓고 강아지랑 둘이 사는 놈 있지"
"그놈이 왜"
"며칠 전 친구가 전화해서 외롭다고 울지 마라 했나 봐"
"그래서?"
"며칠 울적한 거 같더니 외로움을 즐기고 있네. 기특하
지?"
"그러네! 그놈 참"

수다 떨던 별들
구름 뒤에 잠시 숨었다 다시 나타났다

"쟤 봐. 마당에 나와 의자에 앉아 우릴 쳐다보고 있네"
"그러네! 근데 왜 의자를 마당에 두었지?

그것도 노란 의자를 두 개씩이나"

"응, 하나는 지 거고 또 하나는 어머니 거래"

"아, 가끔 찾아오신다더니 그래서 마당에 두었구나!"

"며칠 전 그분 우리 별에도 다녀가셨어"

"응, 그 천사 미소를 가지셨던 분 말이지"

"의자 옆에 홍초도 어머님이 좋아하셔서 심어 둔 거래"

"멍청한 놈 살아 계실 때 잘하지"

"그러게 말이야"

수다 떨던 별들

다시 구름 속에 숨어 버렸다

어머니의 사랑

어떤 분
사랑이 머리에서 가슴으로 내려오는데
칠십 년이 걸렸다 하셨다

내 사랑은
아직도 입술에 묻어 있지만

어머니의 사랑은
처음부터 가슴에만 있었다

늦어도 삼십 년 뒤

벌써 십육 년 전
당신 떠나실 때
무엇으로 어디로 가시겠다
아무런 말씀도 없었습니다

늦어도 삼십 년 뒤
저도 그 길 따라갈 땐
당신 계신 곳 어딜지라도
당신 어떤 모습일지라도
한눈에 알아볼 것입니다

그건
어머니 당신 미소가
온 별들에 미쳐 있기 때문입니다

바다는 이야기꾼

ⓒ 김형태, 2023

초판 1쇄 발행 2023년 6월 6일

지은이   김형태
펴낸이   이기봉
편집   좋은땅 편집팀
펴낸곳   도서출판 좋은땅
주소   서울특별시 마포구 양화로12길 26 지월드빌딩 (서교동 395-7)
전화   02)374-8616~7
팩스   02)374-8614
이메일   gworldbook@naver.com
홈페이지   www.g-world.co.kr

ISBN   979-11-388-1922-0 (03810)